AF403700

PARIS NOUVEAU

PAR

SCIPION FOUGASSE

PARIS

IMPRIMERIE CENTRALE DE NAPOLÉON CHAIX ET COMPAGNIE

Rue Bergère, 20, près du boulevard Montmartre

1856

PARIS NOUVEAU

<div style="text-align:center">~~~~~~~~~~~~~~</div>

Rimer Paris nouveau, quelle tâche, grands Dieux !

Pour un barde des champs, ermite et déjà vieux.

Il faudrait, pour chanter une telle merveille,

Une lyre éprouvée, une voix sans pareille,

La jeunesse surtout, et des yeux plus ouverts

Qu'on ne les ouvre, hélas ! après soixante hivers ;

Il faudrait voyager dans cette rue immense

Où fut le vieux Paris, où le nouveau commence ;

Visiter, admirer ces milliers de bazars
Encombrés des produits du commerce et des arts ;
De carrefours impurs reconnaître la place,
Où l'on trouve aujourd'hui l'air, la vie et l'espace ;
Il faudrait parcourir ces quartiers somptueux,
Ces champs Élyséens, ce bois majestueux
Que l'art a su changer en agreste nature,
Campagne dans Paris, Suisse en miniature,
Ce rival d'Hyde-Parck, dont l'ombrage cruel
Abrita trop longtemps l'homicide et le duel ;
Il faudrait habiter ces hôtels splendides
Où croupissaient jadis des cloaques fétides,
Séjour épidémique, avant-goût de la mort,
Vrais temples aujourd'hui du luxe et du confort,
Hôtels ouverts à tous pour un faible salaire,
Ressource du vieillard et du célibataire ;
Il faudrait assister à ces solennités
Qui changent en Éden la reine des cités ;
Voir la foule accourir autour de la Concorde,
Vrai torrent animé qui coule et qui déborde,
Dont la vague envahit ce cours majestueux
Enserré dès le soir dans deux cordons de feux ;

Puis, s'échappant bientôt de ces quartiers féeries,

Fuir par les boulevards ou par les Tuileries,

Entrer dans ces boudoirs consacrés au sorbet,

S'asseoir sur ces divans dignes de Mahomet,

Parcourir cent journaux en savourant à l'aise

L'orange ou l'ananas, la framboise ou la fraise ;

Et quand aurait passé la fatigue du jour,

Du boulevard encor recommencer le tour,

Circulant au milieu d'une foule nouvelle

Où brillent à l'envi la soie et la dentelle ;

Où de jeunes lions viennent sans leurs mentors,

A l'ombre de la nuit prodiguer leurs trésors,

Comme autrefois dans Rome, au sortir de l'arène,

Les prodiguait aussi la jeunesse romaine.

Mais si l'on veut avoir un fidèle tableau

Des prodiges du jour et de Paris nouveau,

Il faut se rappeler l'époque impérissable

Où Paris invita l'univers à sa table,

Alors que chaque jour vomissait dans son sein

De cent mille étrangers le formidable essaim,

Et qu'un palais immense abritait sous sa voûte

Tout ce qu'y rassemblait l'industrielle joute,

OEuvre que l'avenir ne détruira jamais,

Plus pacifique encor qu'un congrès de la Paix.

O siècle de génie ! ô puissance de l'homme !

Qui pourrait dire encor que tu n'es qu'un atome ?

Ces chefs-d'œuvre de l'art et ce Paris nouveau

Ne prouvent-ils donc pas le feu de ton cerveau ?

Ce compas, ce pinceau soumis à ton génie,

Ne révèlent-ils pas la divine harmonie ?

Et pour découvrir Dieu dans les œuvres humains,

Faut-il qu'un firmament s'échappe de tes mains ?

L'homme un atome, oh ! non, car en lui tout atteste

De la divinité l'essence manifeste....

Mais Paris n'est pas neuf seulement par les arts

Et par l'éclat nouveau qu'il offre à nos regards ;

Ses passages, ses quais, ses boulevards, ses places,

Ses jardins, ses bazars, ses cafés et ses glaces

Ne forment qu'un côté du magique tableau

Que présente aujourd'hui ce paradis nouveau.

On marche dans Paris de surprise en surprise ;

Tout est pour l'étranger envie et convoitise ;

Des chefs-d'œuvre nouveaux sortent d'anciens débris,

Et Paris le plus vieux n'est plus le vieux Paris.

Cette tour obstruée, à l'état de ruine,

Se change tout à coup en merveille divine ;

Le passant qui la voit s'élancer dans les cieux,

Tout en la contemplant n'ose en croire ses yeux,

Et la voûte éthérée où son regard se plonge

Semble à ses sens troublés être l'effet d'un songe.

Si Voltaire aujourd'hui revenait parmi nous,

Il ne ferait plus dire à l'étranger jaloux

Que nous commençons tout, comme dans le bas âge,

Sans réussir jamais à finir notre ouvrage.

Ce Louvre inachevé, ce monument des rois

Qui mit plus de cent ans la science aux abois,

Au bout de quelques mois se dresse et se complète,

Et semble s'élever par un coup de baguette.

Ce n'est plus le produit des caprices d'un roi ;

Celui qui l'acheva, c'est lui, c'est toi, c'est moi :

Chacun y mit la main, et ce sublime ouvrage

N'est en réalité que l'œuvre d'un suffrage ;

Car notre époque est telle aujourd'hui, que chacun

A droit, dans sa sphère, à l'éloge commun,

Et que toute pensée inventive et féconde

Est bien réellement l'œuvre de tout le monde.

Pour peindre en ses détails ce palais corinthien,

Il faudrait un pinceau plus fécond que le mien ;

Le barde campagnard fut toujours inhabile

A chanter dignement les splendeurs de la ville,

Et le faible secret qu'il a pour le hameau

Est un triste burin pour un si grand tableau.

A l'œuvre, vous, Méry, Ponsard et Lamartine...

Vous tous qui possédez la verve alexandrine

A l'œuvre, toi, géant, toi, le dernier nommé......

Et le premier de tous...... toi, peintre consommé

De tout ce qui grandit l'humaine créature,

Tombé.... mais demi-dieu de la race future,

Et dont le feu sacré qui pétille en ton cœur

Eclaire encor le monde en face du malheur,

Et, rappelant de Dieu la céleste origine,

Nous montre sur ton front l'auréole divine.

Ce ne serait pas trop de ton noble pinceau

Pour tracer de Paris le magique tableau,

Non pas de ce Paris de dorure et de pierre

Qui ne doit être un jour que néant et poussière,

Comme le fut, hélas ! de toute éternité

Tout ce que produisit la pauvre humanité ;

Mais de Paris esprit, de Paris historique,

Qu'il s'appelle royaume, empire ou république,

Car le nom y fait peu pour qui juge de haut,

Et juger autrement des sots est le défaut.

Peindre Paris nouveau, c'est buriner l'histoire

D'un siècle de génie et d'une ère de gloire ;

C'est illustrer la France en illustrant Paris ;

C'est consacrer l'essor que notre siècle a pris.

Maître dont la pensée afflue et surabonde,

Décris-nous ce Paris métropole du monde,

Où règne pour toujours la loi d'égalité,

Où le nom sans génie est une absurdité,

Où le fort sur le faible a perdu son empire,

Où la femme au grand air comme l'homme respire,

Où l'art et le talent se donnent rendez-vous,

Où le règne d'un seul est le règne de tous,

Où l'honneur du pays est la seule bannière,

Où chacun pense, agit et prie à sa manière,

Sans que l'intolérance au front inquisiteur

Ose porter la main sur son contradicteur ;

Où l'intérêt de tous domine l'égoïsme,

Où propager le bien est l'unique héroïsme,

Où l'ignorant n'est rien et la science tout,

Où brillent le savoir, l'esprit et le bon goût,

Où le pauvre n'est plus que la honte du riche,

Comme l'est d'un Crésus le patrimoine en friche,

Et pour tout dire enfin, où l'on a sous ses pas

Mille autres biens qu'ailleurs on ne rencontre pas.

Mais, ce qui plus encore excite la surprise,

Fait connaître Paris et le caractérise

Plus que ses boulevards et plus que ses palais,

C'est qu'il donna son nom au congrès de la Paix,

Non pas, comme jadis, cette paix léthargique,

Passe-port étranger d'un pouvoir fanatique,

OEuvre d'un ennemi cachant la trahison

Comme dans l'ambroisie on cache le poison ;

Mais une paix française, honorable et féconde,
Et faite cette fois pour le repos du monde.

Ah ! qui jamais eût dit, au temps de nos revers,
Que Paris donnerait la paix à l'univers !
Et que pour l'imposer, la France et l'Angleterre,
Bras dessus, bras dessous, marcheraient à la guerre !
Que leurs braves soldats, sous un seul général,
Tremperaient leurs canons dans le même arsenal !
Et que pour mieux sceller cette étrange alliance,
La reine des Anglais visiterait la France !
Enfin, qu'un Bonaparte assis à son côté,
Lui ferait les honneurs de la grande cité !

O rouage inconnu de la fortune humaine !
Quel est donc le ressort qui te pousse et t'entraîne ?
Décrets mystérieux, secrets de l'avenir,
Qui peut vous pénétrer ? qui peut vous définir ?
Qui pourrait aujourd'hui, devançant les années,
Du Paris de demain dire les destinées ?
Mais de Dieu respectons les sublimes décrets,
Sans porter jusqu'à lui nos regards indiscrets,

Sans vouloir expliquer ce code inexplicable,

L'avenir pour le sage est toujours favorable :

Jouissons du présent, et que notre pinceau

Du Paris d'aujourd'hui termine le tableau.

Pourquoi faut-il ici qu'un regret nous saisisse

Et vienne rembrunir la fin de cette esquisse ?

Faut-il donc que le mal toujours soit près du bien,

Et que l'état meilleur soit l'état mitoyen ?

Faut-il que le progrès et la splendeur des villes

Rendent nos champs déserts, nos guérets moins fertiles,

Et que l'attrait trompeur du séjour des cités

Rassemble dans Paris tant de déshérités ?

Que l'unique soutien de la charpente humaine

Soit encor pour le peuple une aussi lourde chaîne ?

Que l'ouvrier de Dieu, cet enfant du hameau,

Délaisse pour Paris sa mère et son berceau ?

Qu'il tarisse la source où chacun s'alimente ?

Qu'il quitte le sillon quand la disette augmente ?

Que de parents, amis, dédaignant le conseil,

Il préfère la ville à l'éclat du soleil ?

Qu'il oublie à jamais notre mère commune

Pour suivre aveuglément le char de la fortune ?

Que la vigne, le champ, le jardin, le verger

Ne soient plus à ses yeux qu'un bonheur mensonger ?

Que la moisson, les foins, le printemps, l'hirondelle

Ne lui rappellent plus la promise fidèle ?

Qu'il livre son destin et sa vie au hasard

Pour suivre dans Paris le destin d'un bâtard ?

Qu'il brise sans regret les droits de la famille

Pour ces fragiles nœuds dont la ville fourmille ?......

Ah ! détournons les yeux de ce coin du tableau,

Il fait trop disparate avec Paris nouveau ;

Les champs auront leur tour (1); un jour viendra sans doute

Où, mieux désabusé, l'on changera de route ;

Où la locomotive ayant jeté son feu,

Chacun ressaisira sa vie et son milieu,

---

(1) Grâce à la sollicitude de l'Administration qui préside au développement de l'agriculture, une salutaire réaction tend déjà à s'opérer dans les esprits ; le magnifique concours qui a rassemblé dans notre glorieuse capitale les riches et intéressants produits de l'Europe agricole fera plus pour cette réaction que tous les discours prononcés dans les sociétés d'agriculture; on commence à comprendre qu'il y a plus de poésie et de véritable bien-être dans la profession agricole que dans toute autre, et qu'une industrie dont la nature fait les premiers frais, et dont le soleil est le seul engrenage, est la plus noble et la plus indépendante de toutes.

Le laboureur aux champs, l'industriel en ville ;

Où le plus estimé sera le plus habile ;

Où la France, au sommet de la prospérité,

Ne sera plus pour nous qu'une vaste cité.

C'est alors qu'on verra l'aisance et le bien-être

Se répandre partout pour ne plus disparaître,

Et le bonheur de tous sera le digne prix

Des trésors entassés dans le nouveau Paris.

SCIPION FOUGASSE

Le 1er Juillet 1856.